엉뚱한 샴푸
KB260169

엉뚱한 샴푸

나는 머리를 감는 게 싫어요.
정말 귀찮아요.
거품 때문에 눈이 쓰라려 더 싫어요.
'머리를 즐겁게 감을 수 있는 샴푸가 있다면 참 좋을 텐데.'

미야니시 타츠야 글·그림
송소영 옮김

달리

엄마를 따라
슈퍼마켓에 갔다가
신기한 샴푸를 발견했어요.
"어? 로켓처럼 생긴 샴푸네!"
나는 로켓을 진짜 좋아하지요.

"엄마! 이 로켓 샴푸 갖고 싶어요."
"그래, 알았어."
엉뚱한 샴푸
로켓 샴푸를 사 온 날 밤이에요.

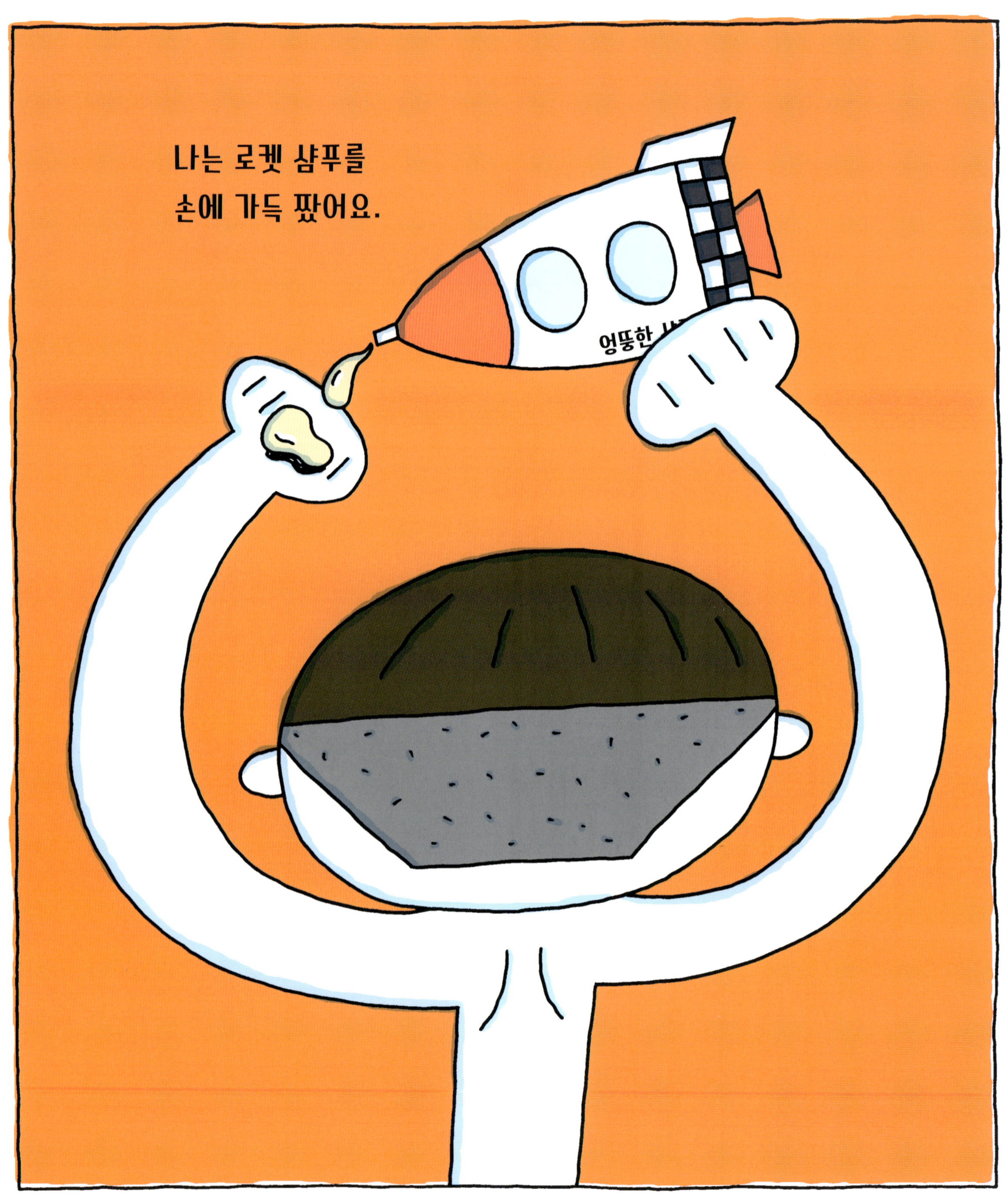

나는 로켓 샴푸를
손에 가득 짰어요.
엉뚱한

쓱쓱싹싹 몽글몽글
쓱쓱싹싹 보글보글
열심히 머리를 감았어요.
그런데 갑자기!

앗!
로켓이 되어 버렸어요!

쏴—!
샤워기로 머리를 헹구니까
신기하게도 원래대로 돌아왔지요.

다음 날 동생과 함께
엄마를 따라 슈퍼마켓에
갔어요.
"와, 장수풍뎅이 모양 샴푸다!"
나는 장수풍뎅이를 정말 좋아해요.
"어! 샴푸가 펭귄 모양이야!"
동생은 펭귄을 아주 좋아해요.

엄마는 우리에게 장수풍뎅이 샴푸와
펭귄 샴푸를 사 주셨어요.
그날 밤, 나는 장수풍뎅이 샴푸를 왕창,

동생은 펭귄 샴푸를
듬뿍 짰지요.

쓱쓱싹싹 몽글몽글
쓱쓱싹싹 보글보글
신 나게 머리를 감았어요.
그런데 갑자기!

앗!

나는 장수풍뎅이가,
동생은 펭귄이 되어 버렸어요!

좍—!
목욕통 물을 퍼서 머리를 헹구니까
이번에도 원래대로 돌아왔지요.

다음 날 아빠와 함께
슈퍼마켓에 갔어요.
"오호! 공룡 모양 샴푸가
다 있네! 아빠는 어릴 때
공룡을 무척 좋아했단다."
아빠는 싱글벙글 기뻐하며
공룡 샴푸를 샀어요.

그날 밤, 아빠는 신이 나서
공룡 샴푸를 푸욱 짜서
머리에 발랐어요.

쓱쓱싹싹 뭉글뭉글 쓱쓱싹싹 부글부글
즐겁게 머리를 감았지요. 그런데 갑자기!

우지직 우지직 우지끈!

앗!

아빠는……

공룡이

되어 버렸어요.

"아, 아빠! 괜찮아요?"
나는 소리쳤어요.
"캬오— 캬오오—!"
아빠는 공룡처럼 울부짖었어요.
아빠의 고함에 놀란 마을 사람들이
모두 집 밖으로 뛰어나왔어요.
그, 그런데 말이죠!

마을 사람 모두 엉뚱한 샴푸를 썼나 봐요.
"히히히, 온 세상이 엉뚱해져야 해. 히히히."
복면을 쓴 엉뚱맨이 전봇대 뒤에 숨어서 웃고 있지 뭐예요.
이건 모두 엉뚱맨이 꾸민 일이었어요!
이때 갑자기 강한 바람이 휭 불어오더니
천둥이 우르릉 쾅쾅,
번개가 번쩍 쳤지요.

엉덩이 앞만 바봐 파퍼
3-1

짜악— 짜악—
비가 쏟아지기 시작했어요.

아니! 이럴 수가!
이런 때 비가 내리다니.
안 돼 ————————!

엉뚱맨이
지붕 위에서 소리쳤어요.

비는 계속 세차게 내렸어요.
그 바람에 샴푸가,

빗물에 씻겨 내려갔어요.
아빠랑 마을 사람 모두, 아이! 부끄러워!
신기하게도 원래대로 돌아왔지요.

엉뚱한 샴푸
8 -
엉뚱해!
엉뚱한 샴푸
정말

그 후로는 아빠도 나도 원래 쓰던 보통
샴푸로 매일 머리를 감아요.
눈에 거품이 들어가 쓰라려도
잘 참을 수 있어요.
엉뚱한 샴푸는 이제 싫어졌거든요, 헤헤헤.